令和元年の四季と世の中

私撰六十句と季節のエッセイ

吉澤兄一 著

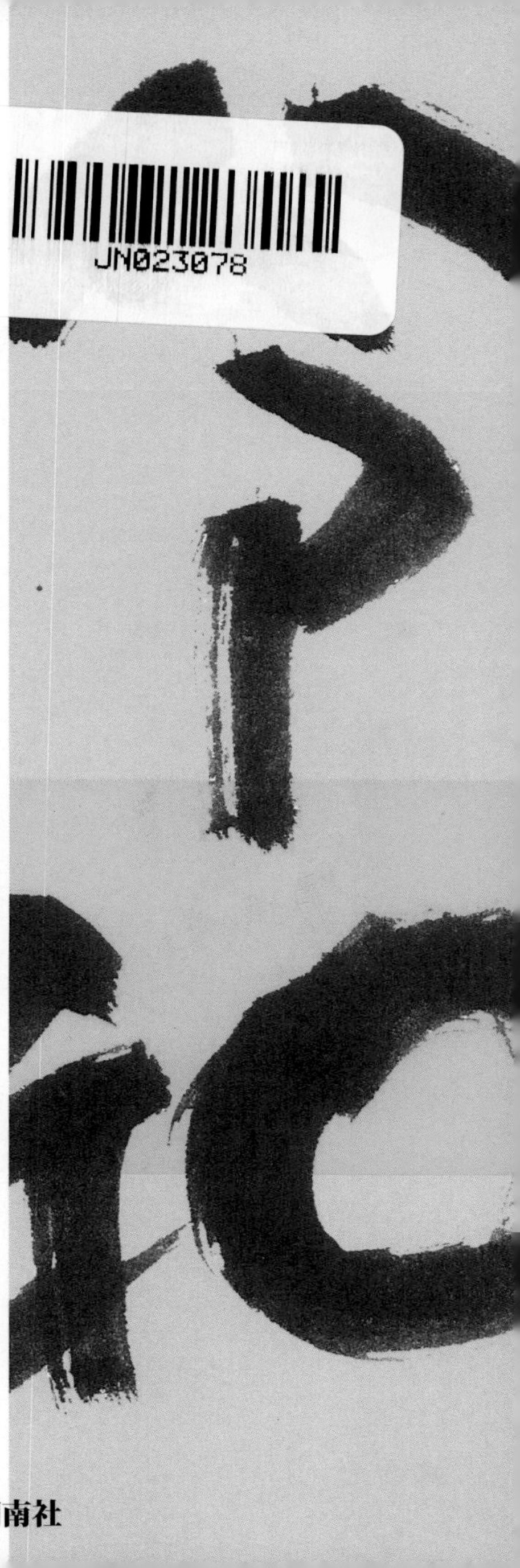

湘南社

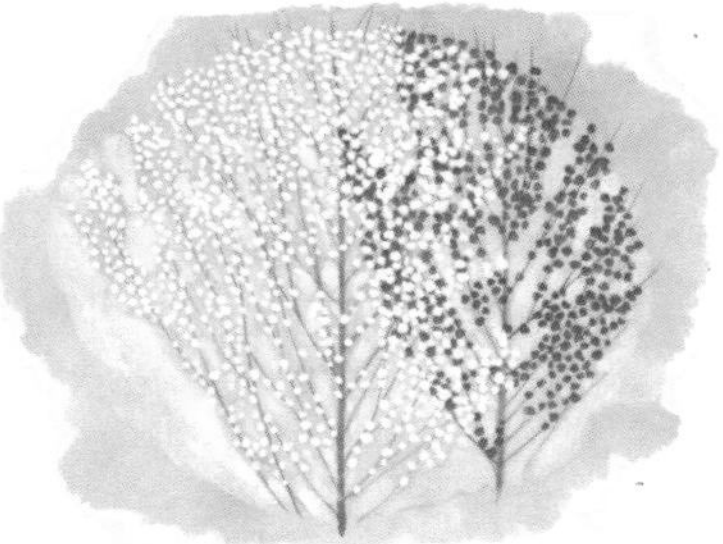

『令和元年の四季と世の中』―私撰六十句と季節のエッセイ―

ま・え・が・き

時代の移り変わりを元号で感じてきたわが国において、元号は文字通り〝時代の変化や区切り〟を印象づけます。戦後74年を経た二度目の改元は、平成（平成31年4月30日）から令和（令和元年5月1日）への改元。平成という時代は、その前の63年という長い時代の昭和を継いだものです。戦後、昭和20年からの43年を継いだとも言えます。

終戦から55年体制あたりまでの戦後処理復旧期の十年を含め、昭和40（1965）年頃までの戦後復興期とその後の高度成長期を繋いで改元した昭和64年・平成元（1989）年。そして、平成の三十年はバブル崩壊や（新）消費税およびリーマンショック（平成20〔2008〕年）などを時代イベントにして低成長期を長引かせて改元。令和につなぎました。

このような時代背景と変化期を継いだ令和元年という一年に絞ったメモリー記録を、『令和元年の四季と世の中―私撰六十句と季節のエッセイ』として単行本にすることにしました。始めて六年目の稚拙な俳句を、ここ一年の句帳（PCファイル）から冬・春・夏・秋と、平成が終わろうとする冬・春から令和（元年）の夏・秋にかけて、季節の俳句として六十句を私撰し、季節のエッセイとあわせて一年誌にしました。

お時間を得てご一読いただければ、この上なく幸甚に存じます。

皆様にとって、令和という時代がお幸せでありますよう願っています。

令和元年 十二月吉日　筆者 吉澤 兄一

目次

平成最後の冬

ふゆ

日本の四季

1. 季節の風景

夕暮れの海中電柱冬ざるる
初雪や着物の裾のスニーカー
鍬肩に背伸ばす老夫雨水晴

平成最後の晩秋は、紅葉狩りの吟行バス旅
千葉は亀山湖からスタートするバス旅。はとバスなのに富士急観光バスでのバス旅は、自分を含め39人。浜松町のバス・ターミナルを出発。首都高から川崎浮島IC経由で、東京湾アクアラインは「海ほたる」でお休みタイム。

江川海岸の海中電柱

朝早し紅葉狩りなるバスの旅

すがすがし海の秋風風の塔

「海ほたる」からのバスは、木更津ＩＣから久留里線に並行する国道４６５号。千葉県で最も大きい人工湖・亀山湖に着く。早速、湖からの紅葉狩りクルージング。

亀山湖右も左も紅葉かな

風さやか真赤な紅葉の亀山湖

紅葉満喫の亀山湖をあとに、バスは外房を鴨川方面に。くねくねしたスカイライン山道を抜けて、

亀山湖

国道128号を海沿いに走る。鴨川は江見海岸近くの街道沿いで、海鮮丼の昼食。午後の始まりは、南房総市千倉の紅葉艶やかな小松寺。

外房の秋の汐風バスの旅
池囲む紅葉艶やか小松寺

紅葉の小松寺から、途中〝みかん狩り〟を楽しみ、バスは陽が落ちそうな街道を木更津の江見海岸に向けて走る。夕暮れの江見海岸、海中電柱を観光。午後6時、バスは木更津ICから海ほたる&川崎大師経由、首都高で東京に戻る。晩秋というより初冬の俳句吟行のバス旅だった。

小松寺

夕暮れの海中電柱秋深し

吹奏楽演奏会の学習院大学キャンパスの晩秋

平成三十年は十二月十六日（日）。ＪＲ目白駅すぐ近くの学習院キャンパスに入る。ふる里高等学校の後輩になる指揮者萩谷克己さんのお誘いを受けての、学習院大学応援団・吹奏楽部の定期演奏会が目的。

開場開演にはまだ30分以上も早い時刻。初めて入った学習院大学キャンパスは、真っ赤な紅葉が艶やか。ゆっくり散策するように構内を巡り、14時近く演奏会場の学習院創立百周年記念会館に着く。すでに50～60人の列。黄葉混じりの紅葉を眺

南房総市千倉

めながら列後尾に並ぶ。

今日、演奏会の指揮を執る萩谷さんとお会いする。しばしの挨拶を交わし入場。晩秋の紅葉と久し振りの吹奏楽の演奏に力をいただき帰宅。

2．季節の生活風景

水涸るるペンション村や枯葎《かれむぐら》

運針をしたことも無く針供養

雪の朝ペンギン歩きの会社人

学習院大キャンパス

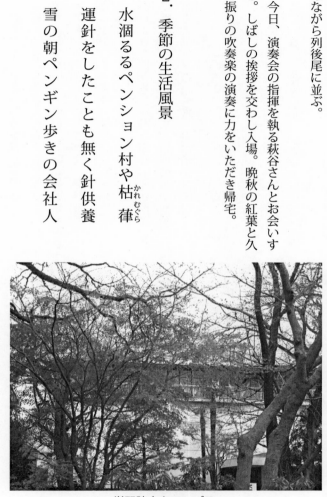

時代が変わる・令和を担う世代が変わる

平成三十年、今年最後のGI有馬記念では、三番人気のブラストワンピースが一番人気のレイデオロを振り切って優勝。若い3歳馬が成年馬を制して勝った。その日夜の全日本フィギュアスケート選手権（フリー）では、ショート5位と出遅れた紀平梨花（16歳）をかわして坂本花織（18歳）が優勝した。

通算100勝を逃して27年ぶりの無冠になった羽生善治（48歳）にかわり、今16歳の藤井聡太が将棋界を賑わしている。卓球の張本智和は15歳。女子の伊藤美誠や平野美宇も共に18歳。競馬もスポーツも〝若さ〟の台頭が目につく。

羽生善治さんは、団塊ジュニアと呼ばれる世代。昭和40年代半ばの生まれ。生まれも育ちもバブル時代だったが、この世代が世帯を持ち世帯を支える頃バブルがはじけ、彼らの親世代の被介護世代を支える苦労を負う。この世代のジュニアが、ポスト平成にフォーカスを当てて活躍している今10代後半から20歳前後世代なのだ。

ポスト平成・令和を牽引する20代前半の筆頭は、今年24歳の大谷翔平。ネットやバーチャルに世界を求める世代でもあるが、10代後半や20代前半の世代の方々に、新しい価値づくりや世界づくりを期待すること大だ。

アナログ人間の嘆き

戦前生まれの自分は、典型的なアナログ人間。日々の買い物や決済はすべて現金。通信販売やアマゾン・楽天などのインターネット販売は、利用しない。プライバシーや自分を晒すクレジットカードなども使わない。使うのはせいぜい、SuicaやPASMOなどだけ。

触れて、さわって、対象の姿形や動きなどを確

ビッグサイトより富士山を見る

認したり推し量ったりし、買ったり利用したりする。対面したり会話して相手の顔や仕草をみて、相手の賛否や考えを理解し、自分の考えや態度を表現する。限られた言葉で○×△したり会話したりの交流をするツイッターやＬＩＮＥなどは使わない。

このような自分だから、カードや非接触決済化やＡＩ化傾向には組みしない。自分なりの主体性や思考基準が奪われる不安が拭えない。高速化や即時化なども自分には合わない。自分の考える時間が奪われたり、なくなるのが嫌だ。保守アナログ人間のお願いと希望でした。

３．季節のマイライフ

極月や断捨離省き映画館
光る朝喜寿を寿《ことほ》ぐお節かな
柊も鰯も無しや節分会

平成最後の箱根駅伝の復路応援

毎年のことだが、正月の3日は箱根駅伝・復路の応援観戦。だいたい日本橋や常盤橋あたりに待機する。今年（2019）の1月3日は、たまたま日本橋2丁目付近。丸善日本橋店前の高島屋側で待つ。選手の来し方や走り行く方が、長く見られる日蔭に位置し待機する。

今年は、いつもの箱根（駅伝）とは違い、大きく乱高下。往路の着順と復路の結果が大きく違った。シード権争いも熾烈。拓殖や中央学院などがシード権奪取。昨年3、4位の早稲田や日体大がこれを外した。

「初相場米中GAFA乱高下」のごとし。

箱根駅伝復路 / 日本橋

二月十日の板橋区吹奏楽コンサート（大橋晃一氏指揮）

つくづく「競争」より「協奏」がいいと思う。ゆたかな今をつくってくれた資本主義自由競争社会ではあったが、必ずしも〝公平〟が実感できない世の中。豊かさや暮らしやすさの偏差や格差が大きい。多様性や持続可能性への認識や取組みが主訴されているが、なかなかその成果や将来が見えない。

小さな生きものも大きな動物や人類も、同じ地球や環境を共有している。野山の木々や海川に生きる魚やその他の鳥や虫たちも同じ。それぞれ姿形や食性やいのちの長短やあり方は違うが、皆それぞれの生き方で生きる。国や民族や宗教などの違う人々も、お互いの生き方や多様性を認め尊重し、協調して暮らすことが大事なのだと思う。

オーケストラや吹奏楽やその他の協奏楽演奏は、人々にいろいろを共感学習をさせる。小さな楽器、大きな楽器、吹く楽器、叩く楽器などいろいろな楽器が、それぞれの特性を生かし共通の演出目標に向かい、力を合わせ協調する。協奏する。

オーケストラといえば、ピアノやバイオリンやチェロなどが目立つが、吹奏楽の演奏は少し違う。トランペットやドラムやトロンボーンにクラリネットやフルート、サックスフォンなどいろいろ。この間の吹奏楽コンサートは、少々趣きが違った。コラボと称し、クロマティックハーモニカ（山下怜さん）が加わった。ふだんの吹奏楽に、美しさと心のときめきを加えていただいた。

4．季節の世の中

一目《ひとめ》無し議事堂の庭冬ざるる
初相場米中GAFA《ガーファ》乱高下
水凍る池江璃花子の白血病

今年（平成三十年）の漢字「災」は、平成に入って二度目

あっという間の平成の30年。今年（２０１８年）の漢字は「災」、実は平成になって二度目。14年前の平成16（２００４）年も「災」、多くの自然災害に悩まされた。房総沖や紀伊半島の地震につづき、十月の新潟中越地震や十一月の釧路沖地震などに加え、全国的に拡がった鳥インフルエンザなどがあった。

平成最後の年になろうとする平成三十年十二月、京都清水寺管主がふるった大きな筆の〝今年の漢字〟は、「災《わざわい》」。台風豪雨と異常な酷暑や大きな地震などの自然災害が多かった平成30年。６月７月の大阪北部地震や西日本豪雨災害に加え、９月には台風21号の全国的な襲来と北海道東胆振地震など、災害列島日本となった。

真備町水害

平成が終わるということからか、多くのコメンテーターやタレントたちの予想「平」、「終」、「金」などを抑え、「災」となった。せめて、次の年（平成31年）や次の時代（令和）は、もっとポジティブで心やすらぐ〝今年の漢字〟になってほしいと願う。

「スーパー〇〇」は、元気の源

ただいまスーパー〇〇といえば、あのスーパーボランティア尾畠春夫さん。周防大島での行方不明2歳児の探索救出で、一躍有名になった彼。広島や熊本および東日本大震災など、多くの自然災害復旧のボランティア活動に忙しい。ただいま、東京から大分県の自宅まで1、320㎞の「子どもの幸福を願う旅」徒歩の旅の途中。1月20日ごろ出発して一週間、まだ神奈川県を越えられない。

スーパー〇〇といえば、ひと昔前はスーパーマン。1980年代アメリカ映画でヒーローになったスーパーマンだが、世界的に人気になったコミック映画。この時期 青少年だったオジさんたちに、〝スーパー〇〇〟と問えば、任天堂のスーパーマリオブラザーズのスーパーマリオや仮面ライダー、スーパー戦隊のスーパーヒーロー。少し離れれば、スーパーカーやスパコンというかもしれない。

21世紀の日本、多くの人々の関心は〝健康〟。ヘルシーライフやヘルシー・フード。そして想起するスーパー〇〇は、スーパーフード。多くの人々が一様に掲げるスーパーフードは、たんぱく質やビタミンなどの五大栄養素というより〝抗酸化力のあるモノ〟。アサイやクコの実やアセロラなどのレッドフルーツや木の実などと、ブロッコリースプラウトやスルフォラファンなど。

あまりスーパーフードやスーパー〇〇に拘らず、ふだんからバランスの良い食事につとめ、カラダやひとにやさしくポジティブに暮らすことが、健康生活なのかもしれない。

5．季節の自然

初霜の目に眩しきや垣の柘植

水涸るる小川の蛙声嗄るる

限界村枯れ大木の寒鴉

寒い晩秋の街の景色で詠句

山は紅葉街は黄もみじ空は青

街も紅葉

里山や麓の原野は、真っ赤な紅葉。そろそろ落葉しそうな山紅葉は、少々疲れた赤だが、街は今黄もみじが真っ盛り。青空を仰ぐ銀杏の葉の光る黄色がまぶしい。

裸木の小さな赤い実梅擬《うめもどき》

門場の、今にも枯れそうな梅擬。その裸木枝に小さな赤い実をいっぱいに実らせている。バックになる柘植垣根の奥先の、赤や黄色の山紅葉と競う。

柚黄なりたわわなりけり空家裏

人の居ぬ空家の裏庭。大きな柚子の木に、たわ

空家裏の柚

わに実る柚子。木枝の緑をキャンパスに真っ黄色が光る。その横に小さな赤い山紅葉が控える。

ひき立てを銀杏《いちょう》に任かす赤紅葉

街の稲荷の大きな銀杏。大きな銀杏の黄色をバックに真赤な紅葉。これが都会の築山景色と赤い帽子のお地蔵さん。デジカメをショットする。

巨樹巨木に感じる畏敬の心

知らず自然に頭を垂れる巨樹巨木。巨木の多くが古木だからかご神木だからか知らないが、巨木に会うと自

栴の木 / 長谷寺

然に頭が下がる。大木というより、何百年もトシを重ねている樹齢がそうさせるのかもしれない。

何百年も樹齢を重ねた巨樹としては、屋久島の縄文杉があったり、クスノキ（大楠）やイチョウ（銀杏）やケヤキ（欅）などがあるが、この頃の公園林などでは、プラタナス（アメリカ鈴懸）やメタセコイアなども よく見られる。

杉檜や常緑樹の王様クスノキ（樟ノ木）などを別にすると、多くの巨木は落葉樹。頭上いっぱいに枝を広げる裸落葉樹の大枯木の存在感は大。街の大型公園林などに珍しく見られる巨木にアメリカ鈴懸の木がある。アメリカ鈴懸のような太く大きな枯大木の樹皮はやさしい。

令和に繋ぐ春

はる

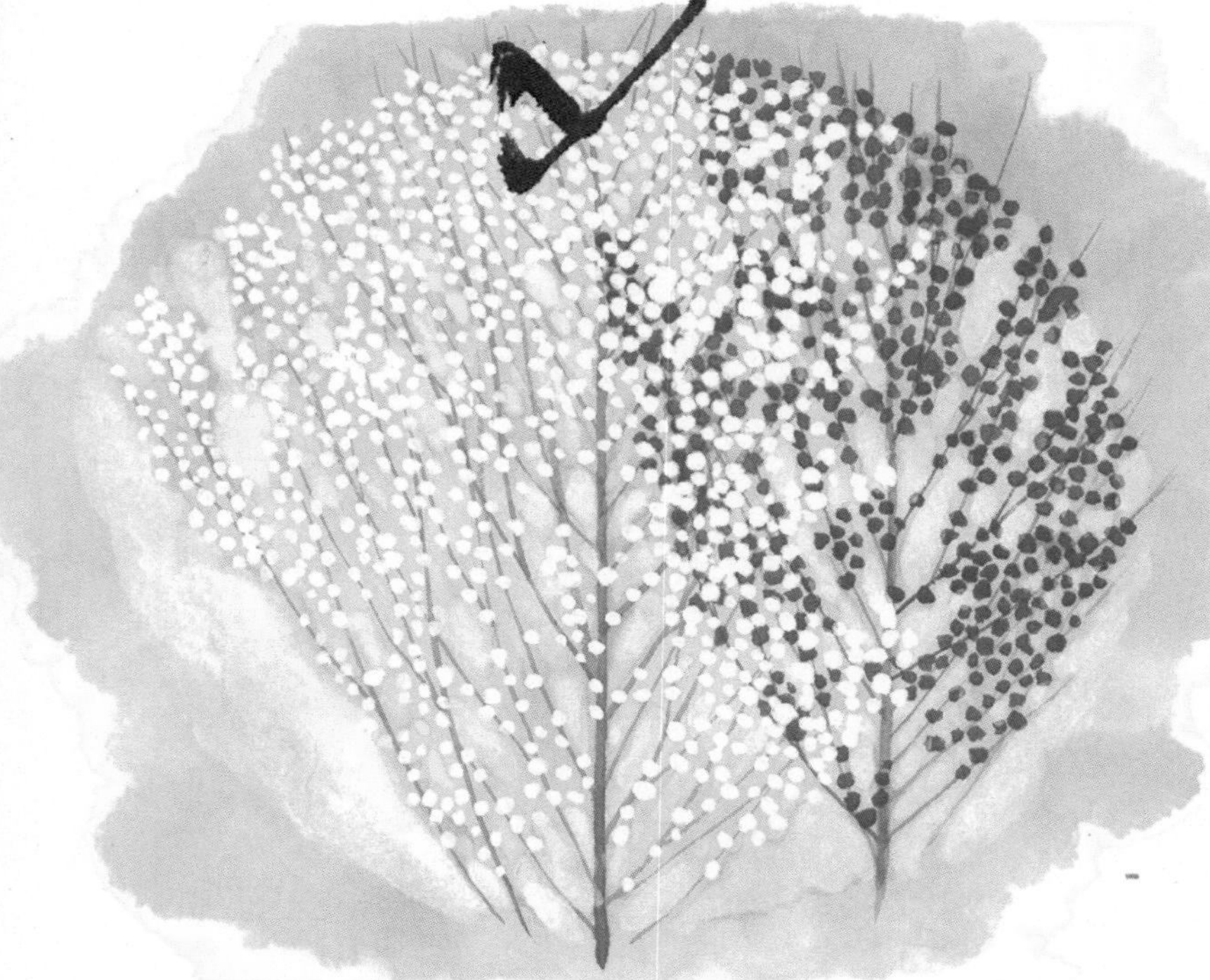

日本

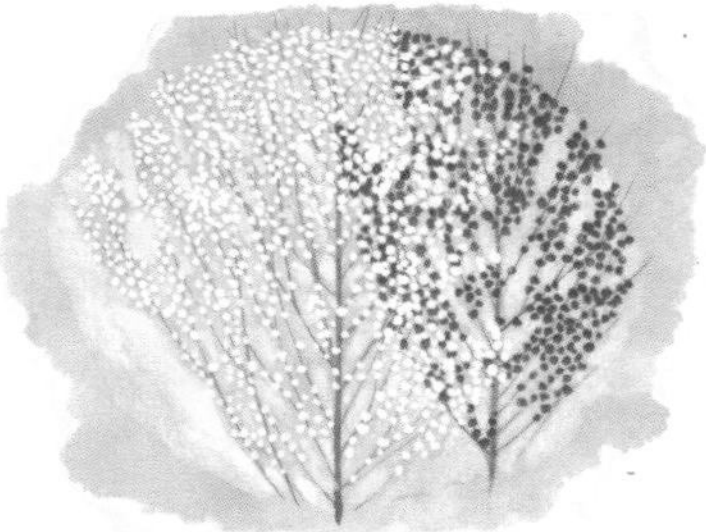

の四季

1．季節の風景

風さやか脱ゐだ上着に花一片

梅畑老夫の後の雉一羽

田植田の水の匂ひに酔ふ蝶々

春の白い花が市街（池袋西口）の風景をつくる
四季自然に暮らす私たちは、梅花やサクラなどの木花を愛でる。モクレンやコブシなどを天に仰いで咲く水仙やすみれなども愛おしい。
水温むこの時期（春）は、意外にキク科の白い草花が多い。マーガレットがその代表。大き過ぎない真っ白な花びらで咲くが、芯の黄色が群れ咲く白を鮮やかにする。ちょっと見には高山植物のチングルマの仲間のように見えるが、チングルマ（珍車）は落葉の小低木。

キク科の草花マーガレット（木春菊）とは、種属（ＤＮＡ）が違う。

一番近い仲間は、デイジーといわれるヒナギク（雛菊）。白い花びらの芯に黄色を隠して群れ咲く花なのだが、ピンクや薄いイエロー系の花もある。花言葉・真実や誠実のマーガレット、平和や希望のキク科デイジー。似ているようで少し違うもので、ノースポールといわれる（フランス）キク科の花もある。

やたら「ふくろう像」を見るここ池袋駅西口。

ノースポール

広場のエンちゃん像の右横にも、大きな「モザイクふくろう」が2体ある。その足元やプランターに、白い花々を可憐に群れ咲かすのがノースポール。正しくはクリサンセマムというキク科の花。

マーガレットなみにキレイで可憐な真っ白い花を、群ら咲かしているノースポール。どうか、PM2・5混じりの（スギ）花粉が、群れ咲く真っ白な花々を汚さないでほしい。

春告げるスイセンとクリスマスローズ

冬の寒さに耐え春に咲く花の代表は、チューリップ。赤、白、ピンク、オレンジ、黄、紫、黒、緑、褐色など色多彩。この春の花の王者チューリッ

池袋西口のふくろう

プは、春を待って真っ盛りに咲くが、チューリップより早く春を告げる球根花がある。2月から4月にかけて春を告げて咲く水仙やクリスマスローズだ。厳しい寒さを耐寒するためか、チューリップや水仙やクリスマスローズなどの球根は、そのほとんどが毒。

中山間地などの庭先によく見るスイセンは、イノシシなどの獣害対策。その強力な鼻先で庭や畑や土手などを穿るイノシシなどを退けるためにある。アルカロイドなる毒性球根のスイセンは、雪中花とも呼ばれる。日本全国に植栽されているが、主に東北地方や能登半島の少し寒い地方に多い。ニホンスイセン、ラッパスイセン、フサザキスイセンや黄水仙など、みな春を告げて咲きほこる。

クリスマスローズ

スイセン（水仙）と同じ時期、2月～4月にかけて広く家々の庭先に地植えで咲くクリスマスローズは、雪起こしなどとも呼ばれる。このクリスマスローズの球根にも、ヘレボラスなどという毒性がある。ヘレボラスは、ギリシャ語で〝殺す食べもの〟という意味。5～6枚の花弁を、白、紫、ピンクなど色々に咲く。花壇や庭先にも多く植栽されて咲くが、多年草のせいか、最近は家庭菜園などの畑横に地植えされて、毎春に咲く。

きれいな花の根や葉茎も同じだが、花壇や庭先を賑わす花々の球根には、毒性を持つものが多い。気を付けて植栽したり、花々を愛でたりしてほしい。

庭先の水仙

2．季節の生活風景

汚染土の行方不明や仏の座

朝食は飲むご飯なり穀雨かな

青い空ネモフィラの丘人人人

わたしも時代も〝飲むご飯〟

今年（2019年）3月30日に亡くなった母は白寿。長男の私はいま喜寿。デイサービスやショートステイなどで2年ほど全日面倒をみてもらっていた母が施設でインフルエンザに罹り、病院に入院。これをキッカケに肺炎、そして快癒後より全日面倒を見てくれる介護施設に入居。そこでの流

ネモフィラ丘 / 国営ひたち海浜公園

動食胃瘻生活を2年経験して、母は逝去した。

このところの私は、咬合力が低く著しく咀嚼力が低下している。ここ4～5年の母の〝介護〟を通して、点滴や胃瘻での医療食や栄養補給食のいろいろを学習したが、今そのことが自分自身の食生活の問題になろうとしている。77歳の今の自分、自分の歯は上が5～6本、下が3本、上下20歯（上9&下11）は上下2つの入れ歯だ。

昔、流動食というと想起されるのは離乳食や医療食だが、最近の若い人は現実的に、ゼリー状というかゲル化された食べものや飲む食べものをよく摂取している。これが食べものかと思うような「飲むおにぎり」などというウィダーイン的な商品も出ている。できるだけ堅いものをよく噛んで食べるように努めている自分だが、そろそろ「飲むおにぎり」やおいしい流動食の厄介になりそうだと思っている。


令和を担う方々へ「平成を跳躍台にして」ください。

青函トンネルや本州四国連絡橋・瀬戸大橋の開通や電々公社（NTT）や専売公社（JT）

の民営化などがあった翌年、平成がスタートした。日本の新税・消費税（3％）がスタートした年、お隣の大国・中国では（第2次）天安門事件があり、欧州の方では東ドイツのベルリンの壁が撤去された。

昭和のヒーロー石原裕次郎や美空ひばりが亡くなり、世の中は「24時間戦えますか」（リゲインCM）と、休まず働くことが普通になった。

そしてバブルが崩壊。消費税の3％が5％になり低迷景気に拍車がかかった。銀行や証券会社の破綻があり、格差社会や年越し派遣村などが年末の話題になった。

あれから30年、平成も終わりを迎えた。地震や豪雨などの自然災害や格差や就業などからくる社会的事件などを、少子高齢化を言い訳に未解決のまま〝令和〟に託すことになったことを、申し訳なく思う。令和を担う方々の奮起を期待する。

3．季節のマイライフ

喜寿傘寿二人暮らしや内裏雛

花冷えや白寿の葬儀母の逝く

衣更え平成脱ゐで令和着る

平成31（2019）年3月半ばのふる里の春景色
3月18日（月）は、前日とは打って変っての快晴。上野発10時ちょうどの「ひたち7号」は、少しの狂いもなく11時5分水戸駅着。11時15分発の水郡線に乗り換え、上菅谷経由常陸太田駅に11時55分着。「そろそろ雛仕舞いして」と並ぶ雛人形の段飾りを横目に駅を出る。

祝　令和／大洗磯前神社

義弟の待つクルマに乗る。まずは腹ごしらえということで、近くのファミレス・ランチを妹、義弟、私の３人で摂る。介護園でお世話になっていた母が、今は病院の介護棟に再入院している。午後の2時、病院に母を見舞う。ほぼ昼寝爆睡中の母とは、なかなか会話が弾まない。20～30分の見舞いで病院を後にする。

途中のスーパーで今夕の買物をして３人、誰もいない実家に入る。実家庭先の老古木の梅は、今が満開。夕刻までの少々の時間を得て、里山麓に位置するわが家の竹林周りの薮木を少し伐採。小ざっぱりとした庭より見た里山東の夕暮れの空は満月の月。

翌日、甲高く繰り返す鶯の鳴き声で早朝起床。朝食前の散策を家周辺や川向こうの農道にとる。蕗の薹や土筆が春真っ盛りを伝えていた。

三人の大人子どもの招待は、「ファミリー懇親会」の一泊旅

わが家のファミリーは、私たち老夫婦２人と子ども３人それぞれの家族を含め総勢12人。長

女家の孫は、外で働いている1人、長男のところの孫は小学校に通う2人、次男の家族は1歳になったばかりの孫と夫婦の3人。3家族とも地下鉄や電車で一時間地域に居住している。

今年（2019年）の5月連休、子ども3人の招待で総勢12人のファミリー一泊の小旅行。5月2日の宿泊・夕食会は、茨城県大洗は鷗松亭。チェックイン前はそれぞれ、どこ（観光）に寄るのも自由。私達夫婦は、まずはということで、今、真っ盛りのネモフィラの国営ひたち海浜公園に直行。ネモフィラと松林の中の色多彩なチューリップを鑑賞。ホテルへの途中大洗磯前神社に立ち寄って、ホテル鷗松亭に入った。

鷗松亭の夕べ / 大洗

4家族それぞれ4部屋に入ったようなので総勢12人集合。夕刻の食事会になった。1歳未満の孫と小学生2人の孫を中心に、大人9人宴会とも食事会とも区別つかぬオシャベリお祭り会。大騒ぎの子ども会にもかかわらず、宿の食事やスタッフの応接は5つ星。

翌朝は、宿から歩いて5分のアクアワールド大洗水族館。午後、地産品市場などを観光、4家族それぞれ午後6時ごろ帰京帰宅。

4. 季節の世の中

平成の踊り場論議春の蠅

平成を令和に繋ぐ昭和の日

いにしえの梅花《うめ》の宴《うたげ》の令和かな

新元号「令和」の発表は、平成31年4月1日
　平成31（2019）年4月1日、5月1日より改元される新元号「令《れい》和《わ》」が発表された。役所や会社の年度始め、新学期や新入学など、何か新しいことが動き始める月に入る初日。エープリルフールなどは、よその国の戯れである。
　今までの元号はどちらかといえば、中国古典の漢詩などが出典。歴史上はじめて、自国の古典『万葉集』なる国書を典拠とした元号だという。「初春の令月にして 気淑く風和ぎ 梅は鏡前の粉を披き 蘭は珮後の香を薫らす」からの令和だという。
　「令」は、規律や法律や目上の人への尊敬などと言うが少々命令のような上から目線もあるが、

梅花の宴 / 水戸・偕楽園

「和」が①仲良くすること、②二つ以上のものを加えて得た値、③和＝倭＝大和国＝日本のことや、④和解、講話、調和などのイメージがあるので、規律ある平和や民主主義の国づくりと美しい希望的な国をめざす覚悟と考え、受容歓迎している。

「人口が減っても議員定数は減らない」では困る

２０１２年は、民主党政権から自民党政権に政権が変った年。衆院国会での議員定数削減の〝野田・安倍〟議論の演劇があった年。してやったりの安倍内閣は、その後ずっと定数削減棚上げ政治を続けた。参議院などでは、一票の格差是正といい合区をなし、格差調整といって結局定数６人増を確保した。

国会も都道府県や市区町村の地方議会も、定数削減は言うだけ。何故か、何がそうしているのか？　この4月21日に行われた地方首長や議会議員選挙の後半選をみてビックリ。大幅な人口減の地域でさえ、議員定数は減っていない。定数に候補者数が届かない地域さえある。ただいま、東京は板橋区に居住している私は、4月21日が投票日。板橋区区会議員、定数46人に候補者56人の選挙。落選することになる10人は２割、当選率は８割を超える。

この板橋区はどちらかというと、23区の平均的状況。人口1万人に一人の区議会議員（平均）定数の東京にあって、人口50万人の板橋区の定数46人は、〝平均〟の80％。総人口6万人の千代田区の定数25人は、平均の4倍にもなる。せいぜい2倍程度の中央区（人口16万人で定数30人）や港区（人口25万人で定数34人）にあってしかるべきだろうと思う。良識をみせて、定数改正の〝条例〟を決議してほしい。

何も、千代田区と中央区あたりを合区したらどうかなどとは言わない。夜間人口が小さくても、昼間人口や会社や事業所などが多く、行政や議員活動が多くなることもあるので、一様になどとは

お寒い国会議事堂

思わないが、区別最少議員数を15〜20人ぐらいにし最大を40人ぐらいに抑えることなどを検討し、発議してもいいと思う。国会議員についても、同じように検討してほしいと願う。

5．季節の自然

里山や椨の根元の二輪草
平成の終わりの空へ鷺の飛ぶ
雨上がり風に抗う一夏蝶

アゲハ蝶

梅花が告げる〝春〟令和

新元号「令和」が発表された。国書『万葉集』を典拠にした元号だという。万葉集は、「梅花の歌32首」の序文にある「初春の令月にして気淑く風和ぎ梅は鏡前の粉を披き 蘭は珮後の香を薫らす」からとった〝令和〟だという。

われわれが身近に知る梅花の歌は、大宰府へ都落ちする菅原道真が都との別れを惜しんで詠んだ「東風吹かば、匂ひおこせよ梅の花、あるじなしとて春な忘れそ」だ。万葉集の梅花の歌32首は、大宰師の歌人・大伴旅人邸宅での〝観梅の宴〟で詠まれた歌。そのくだりは次のとおり。

明け方の嶺には雲が移り動き、松は薄絹のよう

梅花の歌会

な雲をかけて衣笠を傾け、山の窪には霧がわだかまり、鳥は薄霧に封じ込められて 林に迷っている。……中略……天を衣笠とし 地を座として、膝を近づけて酒を交わす。……中略……この宴と園の梅花を短歌に詠もうではないか。

この梅花の宴で詠まれた歌についてはよく知らないが、令月（旧暦2月）に咲く梅の花が、気を良くし、風にその香りで和らぎをもたらすという。花言葉も、高潔、上品、忍耐などで、広く日本の人々に愛でられる花が梅の花。風待草や春告草ともいわれる。梅花万歳！

春から初夏の白い花と青い花

今朝の食卓の真ん中に、何輪もの筒状の白い小

こぶしの白い花

花をつけて咲くブバルディアの一輪挿しがあった。めったに見ない小花だが可愛いい。うすいピンクや紫の花もあるらしいが、濃い緑葉に真っ白に咲く小花は実に愛らしい。

白い花といえば草花より木花。白い木花の筆頭は、コブシ（辛夷）や白木蓮。半化粧やヤマボウシも白花だが、三椏や夏椿の小さな白い花もかわいい。木花とは少々趣きが違うが、白く咲く小さな草花もいい。

スズラン（鈴蘭）や雪割草などの白い花もいいが、背を低くして咲く二輪草や銀盃草の花も可愛い。

白い花もいいが、青や藍色の花も爽やかでいい。奈良平安の昔の人々は、よく紫や藍色の花々を好

蒼い紫陽花

んだようだ。現代の日本人も青や藍色の花などを探究している人は多い。藍の絞りやジーンズなどは、多くの人々に馴染まれている。自然色だからか自然の草木汁で染める代表としての藍染めが好まれているのか知らない。「青は、藍より出て藍より青し」は、〝出藍の誉〟だ。

青い花といえば、今（5月）、ネモフィラが真っ盛り。ヤマアジサイやエゾムラサキやアヤメなどが、いい青を演出している。ブルーローズやムーンダストなどもいいが、農道脇のオオイヌフグリやムスカリや勿忘草などもやさしい青を見せてくれる。白い花、青い花の小話でした。

令和元年の夏

日本の四季

1．季節の風景

夕暮れの番ゐの雉や麦の秋

曇天の参院選や裏葉草

しずけさを破る一蝉雨後の朝

多種多彩なモダンローズの花の色

ラ・フランス（1967年）あたりを境に、前をオールドローズ後をモダンローズというらしい。ふだん私たちが観賞するバラ（薔薇）は、ほとんどがモダンローズ。梅雨時のアジサイ（紫陽花）の花の色も多種あるが、バラ（薔薇）もアジサイ以上に多彩。真っ赤なバラからオレンジや黄色、紫や青に加え、真っ白なバラもある。

名前もいろいろ。イギリスやフランスなどヨーロッパなどの産地や交配産出者（企業）が名づけたものから、日本や中国その他の国が名づけたものまで多数。カタカナ表示や日本語表示など、バラ（薔薇）の数だけある。王女や有名人などの名前をいただいた名前も多い。日本発でも、プリンセスミチコ（オレンジ色の花）、プリンセスアイコ（ピンク花）やマサコ（淡いピンク花）などがある

真っ赤なバラ①の代表は、パパメイアン。ダマスクモダンの香りを濃く放つ黒バラの代表。鮮やか赤紫のバラ②の代表は、有名なウィリアム・シェークスピア（２０００年）。このオールドローズの代表より赤を抑えた③紫系赤のバラもある。

ゴールデンメダイヨン

代表は、香りがつよいダマスク・クラシック系のセンテッドエア。一括りにピンク・バラと言ってもよさそうだが、色味から2つに分けられる。④うすい赤味系のピンク薔薇と⑤白青系のピンク薔薇だ。④の代表は、ほのかな香りのクィーン・エリザベス。⑤の代表は、甘さを抑えたスパイシーな香りのセプタードアイルや甘い香りのマサコ。

バラの花は、赤やピンクばかりではない。プリンセスミチコに代表される⑥オレンジ色の花のバラやハイブリッド・ティ王者⑦黄色（黄金）の薔薇ゴールデンメダイヨンおよびシャルルドゴールに代表される⑧青紫色のバラや⑨真っ白な花の白バラなどがある。白バラの代表は、ジョン・F・ケネディやプリンセス オブ ウェールズなど。

いろいろな色の花や香りで、多彩なバラ（薔薇）

センテッドエア

が楽しめる。

梅雨明けぬ7月20日（土用）の暦遊び

梅雨明けのメドとされている（新暦）7月2日は、半夏生。すでに20日ほど過ぎているが、梅雨が明ける気配もない。今日7月20日は、土用（入り）。〝うなぎ〟をいつ食べようかと思うが、丑の日は27日。

土用という期間は大体18〜19日間だが、土用は夏だけにあるわけではない。春、夏、秋、冬いずれの四季にも〝土用〟がある。四季に関わらず、土用には土木工事はじめ土を動かすようなことをしない方がよいとする戒めの風習がある。ただし、四季どの土用にも間日《まび》といって、この障りがないとされる日がある。

春は、巳、午、酉の日。夏は、卯、辰、申の日。秋は、未、酉、亥の日。冬は、寅、卯、巳の日。これらが、間日。子、丑、戌がどこにも入らず、巳、酉、卯の日が重複して入っている理由は知らない。

そういえば、7月7日は七夕（たなばた／棚機）の日。この七夕も、五節句のひとつ。人日（1月7日）、上巳（3月3日ひな祭り）、端午（5月5日子どもの日）、七夕（7月7日）と重陽（9月9日）が五節句。このような暦謂れは、7月15日の〝中元〟にもある。1月15日の上元、7月15日の中元、10月15日の下元が一年の三元。真ん中の7月15日の中元が残って、いわゆる〝お中元〟の風習になった。

2. 季節の生活風景

晴間なく梅雨だるの日々低気圧

笹飾り七夕

梅雨寒や公民館の海開き
渋滞避け人人人の道の駅

医学や科学では保障できない〝健康〟

「健康のためなら死んでもいい」という人がいるとかいないとか？　世の中には〝健康病〟という病気もあるらしい。健康という意味を広辞苑でひくと、「身体に悪いところがなく、心身がすこやかなこと」とあるが、「病気の有無に関する体の状態」などとも記されている。また、〝病気〟の説明を同じ広辞苑でみると、「生物の全身または一部分に生理状態の異常を来し、正常の機能が営めず、また諸種の苦痛を訴える現象」とある。

ウォーキング準備運動

〝病気を医術でなおすこと〟を医療や治療というようだが、この医術や医療は、科学とか〝科学に立脚している〟とか客観性を持つ術などといわれている。すなわち、「条件が同じなら何度でも同じ現象が起きる」再現性を前提とするのが科学であり、「条件が同じかどうかは、共通の尺度をもって客観的に判定されなければならない」といわれる。血圧や血糖値などの基準値や医学などがあるのは、科学性を担保するためと言えよう。

このような計測数値を基準にして、疾病を定義表現しているのだが、その疾病に罹患していない〟と判定されたからといって、〝別の疾病の罹患していない〟ということはないのだ。すべての疾病が否定されなければ、〝病人ではない〟とは言えないとすれば、すなわち「健康である」とは言えないという限界が、科学といわれる医療にはあると言えるでしょう。

要は、〝身体の悪いところがないことや心身がすこやかでないこと〟をすべて保障することは、科学である医療をもってしても不可能なのだ。「健康が、科学や基準で表せないもの」であるからして、科学的客観的と言っても、〝健康〟は医療や他人など自分以外の人に委ねられないものだということになる。健康は、外的規範のない主観的なもの。「自分が健康だ」と思えば健康なのだということになるだろう。

何でもAI化に走るIT社会への不安

○AIロボットが、夕食の献立を考えてくれ、必要な野菜や食材を買ってくれます。あなたの体調や気分が夕食づくりを拒めば、調理済の食事を買ってきてくれます。

○AIが組み込まれたATMや窓口端末機器を出入金や帳票記述受付発行業務が、無人で行われます。

○AI自動運転車が、口頭で行先や用件を指示すれば、道路を選び交通規制や混雑や道路事情に対処して、安全に目的場所に走行して連れていってくれます。

○自分自身のキャリアや能力を代替して、AI

豊洲より大都会を見る

が入学試験やアンケートやその他のQ＆Aなどに答えてくれます。

このように「何でもやってくれる」AIが語られています。まるで、人間のやることすべてをやってくれるように言われていますが、一方で〝人間の知能を超えるイコール人類征服〟などにならないかという不安も聞かれます。

AIは、人間社会のあらゆるデータや現象情報を収集し、いわゆるビッグデータ（数値、事象、情報やシュミレーションデータなど）を照合分析、論理思考し、最適（正）解をみつけて、提示したり行動したりするのですが、人間のする臨機応変や機微までは代替できないのではないかという見方もあります。

「A＋B＋Cは、いくつまたはどうなるか？」という問いに「D」という正解答ができても、AIは「A＋B＋C」＝「D」になった理由や意味を説明できない。それでも、「A＋B＋C＝D」は、100％もしくは99％正解なのです。

3．季節のマイライフ

浅沙《あさざ》咲く藜《あかざ》をつまむ湖畔荘

長雨に木偶の坊なり半夏生

空蝉を枝ごと採って違い棚

映画『ある町の高い煙突』（松村克弥監督）観賞の記

今日（令和元年6月22日）は、一年で最も昼間が長い夏至。ヒマを得て映画『ある町の高い煙突』（松村克弥監督）をイオンシネマで観賞。

「八甲田山」や「孤高の人」などで知られる新

―空蝉

田次郎（取材）原作の映画。あの高い煙突のある日立市は神峰山をみて、八甲田山や孤高の人など登山や山岳の小説などと思うと少々違う。『ある町の高い煙突』は、ずばりヒューマン小説であり、社会派取材小説。作者の知的趣味の気象学を考えれば、自然（環境）や気象と人間の生活とのかかわり小説だと言える。

茨城県は、現在の日立市と常陸太田市の境界・中山間地の入四間村で生まれ成長した関（根）兵馬（その地の大農家）氏の息子関根三郎（関右馬充）の生活と環境保全活動の物語だ。日立市街に行くにも常陸太田市街に行くにも交通の便が悪すぎる当時、三郎は馬で常陸太田市街の太田中学（現、県立太田第一高

日立鉱山の煙突

等学校）に通学した。英語をはじめ成績はトップクラスの秀才だったが、家の跡継や木原鉱業（現、日立鉱業）の煙害問題と農業対策などを自分の使命と考えた彼は、入試合格した一高（現、東大）への進学を断念する。

まだまだ人々の生活権や環境保全意識が低く、国や社会が富国強兵や軍拡などに向いている世の中にあって、国と一体の大企業（現、日立鉱業）の排出煙害に対する防禦や解決改善の要望や運動の仕方も知らない小山農村の農民支援や共働活動を担う三郎。彼を応援助力するスウェーデン技師や交渉相手企業窓口加屋淳平の協力などもあって、神峰山に連なる山頂に気象（風流）観測所をつくったり、あの高い煙突づくりなどを獲得した若き農民運動家の物語。日本のラルフネーダーと言われた関右馬充（関根三郎）の実話ドキュメンタリー映画だ。

令和元年、わが家の初（新）盆会

令和元年8月の月遅れのお盆は、母の初（新）盆。平成31年の3月30日、白寿で逝去した母の新盆。5月18日七七忌の四十九日法要を済ませているので、このお盆は初めて母の精霊を迎える新盆。実家隣りの母の友人家と四十九日法要を一緒にしたこともあり、この新盆会も合同でしようと進めている今回のお盆。

8月12日、迎え盆を翌日にして、門場口の迎え外灯篭を立てることになった。門場脇に組み建てた竹柱先に小さな屋根付の外白灯をつけ、精霊を迎える目印とする。翌13日、14日盂蘭盆会の準備などをした後、夕刻外灯篭に灯火をし夕食会。妹夫婦や新宅の従兄弟と夜更けまでのオシャベリになった。

まだ支度も出来ていない14日朝の7時50分。お寺（密蔵院）の住職の来訪。急ぎの支度で新盆霊飾り前での読経。わが家の次は、隣の新盆読経。ほんの10分ほどの読経を終え、隣家に向かう。新宅での読経も終わり、墓参後の合同の新盆会を昼食懇親会を兼ね、近くの林業センターを会場にして行う。わが家の盂蘭盆会でした。

4．季節の世の中

灯虫払ゐつ語る傘寿会
京アニメ黒き焼跡梅雨寒し
八月や限界村の笑い声

平成の初めと終わりの世の中の差

平成という時代は、30年と4カ月で1万1000日余り。春夏秋冬の四季を30回あまり繰り返したことになる。変わったようでもあり、あまり変化がなかったようでもある。狭い国土（面積）の変らないのは当然として、国民総人

海ほたる＆風の塔

口の1億2000余万人も変わっていない。

変わらなくて〝よかった〟と思えたのは人口ではなく、この間の自殺者数（2万2000↓2万1000人／年）。名目GDPは、420兆円（平成元年）が550兆円（平成30年）と130兆円も増えているようだが、30年で31％は単純にすると年平均1％強の増加。必ずしも景気や実質所得を押し上げた実感はない。

平成の初め頃3万8000円台だった日経平均株価は、平成30年の終わり頃2万2000～3000円ほど。総務省の家計調査でみる一世帯平均の被服費などは、年間30万円が15万円ほどに半減している。この間の情報社会化の影響か携帯電話やスマホの（全国）普及台数は、平成元年49万台だったものが平成30年には1億7000万台になり、パソコンの普及率も11％が70％にアップしている。情報や（大学進学など）教育情報に関する家計費の負担も大幅に増加している。

世の中の変化は、この間の訪日外国人数の増加（280万人↓3100万人）や外国人居住就労者の増加および非正規労働者の増加（８００万人↓２１００万人）ならびに農業従事者の半減（３２５万人↓１４５万人）と年平均経済成長率の鈍化（5・5%↓0・5%）に表れているが、65歳以上（高齢者）人口の増加（12%の１５００万人から28%の３５６０万人）および三世代家族の半減（４３０万↓２３０万世帯）と核家族化（２４５０万↓２９７５万世帯）の進行が、この間の変化だろう。

高齢者ばかりとは言えない一人暮らし人口の倍増や高齢者を主とする夫婦のみの世帯の増加なども、向う四半世紀の福祉政策の転換を求めていることになっている時勢の変化だ。

ＳＤＧｓ（エスディージーズ）への関心に心する

ＳＤＧｓ（持続可能な開発目標）を

スカイツリー

ご存じだろうか。４年前の国連サミットで採択された（２０１６年９月）「持続可能な開発のための２０３０アジェンダ」だ。持続可能性のある地球世界を維持し、より良い世界とより住みやすい地球にしていくために、持続可能な開発や解決処方は欠かすことができない。そのために、国際社会が協力して目標をつくり、その実現に共働して行こうと、２０３０年を目標にして協定し合意した。

その協定文書に示された２０３０年に向けた行動指針が、17のグローバル目標と１６９の取り組み行動指針として記述されている。その17の持続可能な開発目標のコンテンツが下図だ。

17の目標それぞれの具体的行動指針には、例え

SDGs

ば項目「1」〝貧困をなくそう〟では、2030年を目標に①「一日1・25ドル未満で生活しなければならない状態の人々や地球をなくそう」や②「各国で定義されている貧困状態を、男女子どもすべてで半減させよう」など、いくつかの具体的指針が示されている。項目「2」飢餓をゼロに、「3」すべての人に健康と福祉をなど、17項目あわせて169の具体的行動指針が示されている。

2030年までに、「すべての子どもや男女に初等教育や中等教育を」ということや「すべての人々に安全で安価な飲料水と下水施設や衛生施設を使用できるように」は当然だが、根本は「地球環境の持続可能性を高め」「人や国の不平等をなくし」「平和と公正をすべての人に」提供できる開発や解決を進めていくことが大事なのではあるまいか。

貧困風景（アフリカ）

5．季節の自然

葉桜を逆さに映す棚田かな

暴風雨葉裏に縋《すが》る子蟷螂《かまきり》

捨田畑若芽を過ぎし藜《あかざ》かな

毎年重なる七夕（7月7日頃）と豪雨台風の日本襲来

令和元年（2019年）7月7日の今日は、七夕（新暦）。むかしの七夕《しちせき》なら、節句の一つ。秋の五穀豊穣を願って神に献上する衣を織る棚機から、七夕を〝たなばた〟と呼ぶようになったとい

逆さ葉桜の水田

う。この時分の星空の天の川に隔てられた織姫と彦星が、年に一度のデート解禁日だという。笹の節供からか、いまは笹竹に願い短冊を結び飾りして、七夕祭りしている。

少々メルヘンぽくなった七夕祭り（7月7日）だが、このころの日本は毎年大豪雨シーズン。少し前には、七夕豪雨（静岡市台風8号豪雨／1974年）などという言葉もあった。7月から9月あたりは、この国の豪雨台風シーズンで、二百十日や二百二十日までの農家は気が休まらない。

今年（2019年）6月30日から7月3〜5日の鹿児島、宮崎や熊本などの南九州豪雨は、昨年の広島、岡山の西日本豪雨災害や一昨年の福岡大分の北九州豪

豪雨土砂災害

雨災害に重なる。復旧もまだなのに翌年も毎年のように来る7月7日前後の豪雨災害。この期に重ねて8～9月来る台風による災害への防災にも頭を悩ます。

夏は、花火と多彩な花々

夏は、色どり多彩。青い空に真っ白に膨らんだ雲。青い海に白い波。真っ赤な昼の太陽に、夜空の星。夏の花ならぬ夜空を彩る花火。色とりどりに艶やかな大きな花火が、日本中の夜空を色どる。長岡や大曲の花火に、関東は土浦の花火。東京の花火（大会）だけをあげれば、隅田川や神宮の花火に加え、足立、葛飾、江東、板橋の花火や立川や八王子の花火（祭り）などがある。

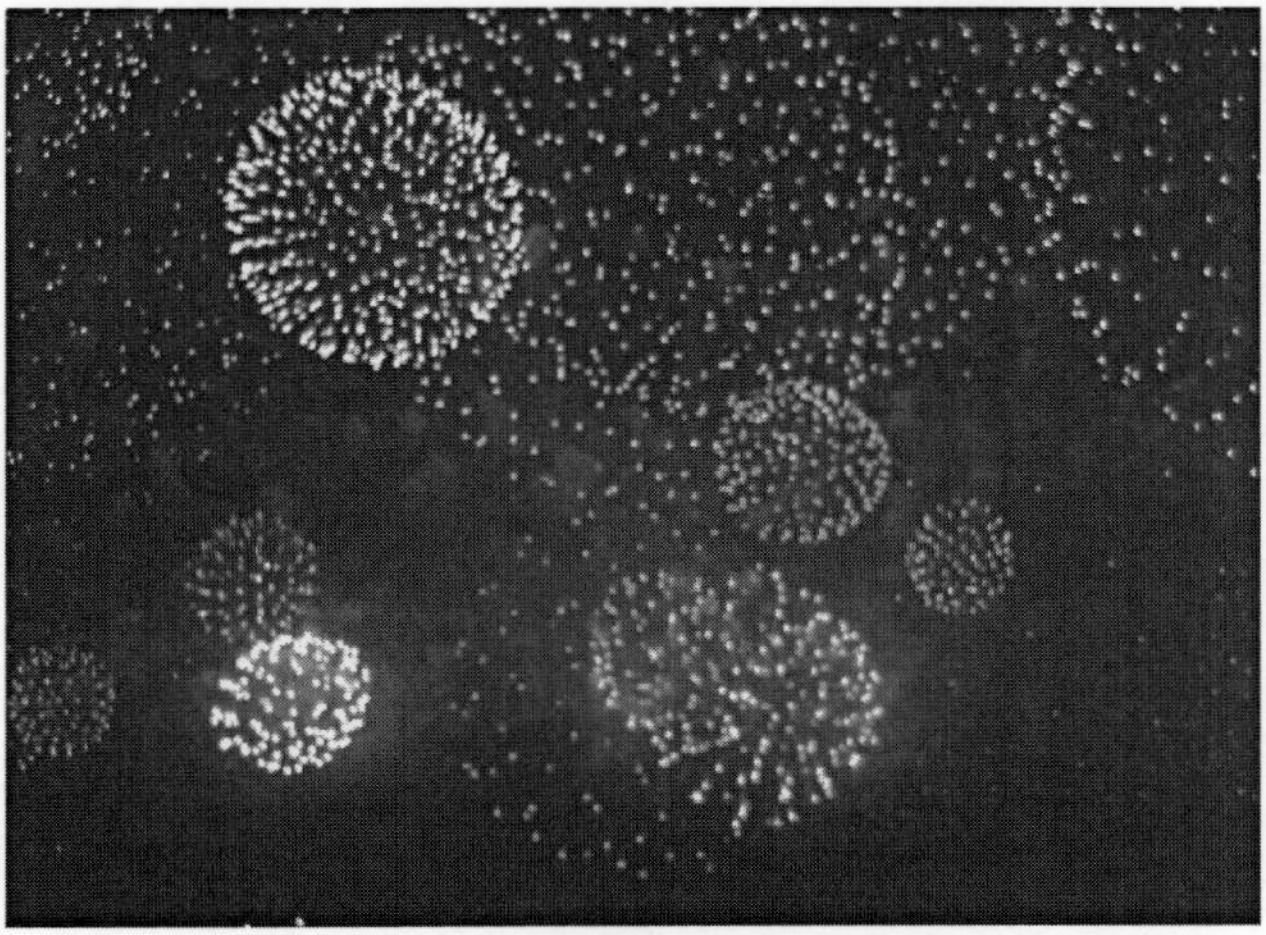

長岡の花火

ひるがえって、日本の四季の夏と言ったら、やはり多彩な花々。赤、オレンジ、黄やゴールド、紫やピンク、青や白など多彩な花々が、夏を演出する。朝顔や夕顔に、クチナシやマリーゴールド、千日紅や日々草などが夏を彩るが、夏と言えばやはりヒマワリ（向日葵）。

淡水池の夏をわが物顔にするハス（蓮）やスイレン（睡蓮）も初夏らしいが、色多彩を演出するルピナスやケイトウ（鶏頭）もいい。

日本の夏のヒマワリ（向日葵）は、ここ東京に近い関東だけをみても、神奈川は座間のひまわり畑、千葉の成田のゆめ牧場や筑波山をバックにした明野の八重ひまわりに、栃木益子町のひまわり畑など全国至るところヒマワリ（向日葵）だ。一

ひまわり丘

方色多彩の花々といったら、やはりルピナスとケイトウ（鶏頭）。似てはいるが大分違うケイトウとルピナス。真夏はケイトウ、耐寒性のあるルピナスは、北海道あたりだと6〜7月ごろの開花だ。

涼しげな花と言えば、池や沼いっぱいに咲くハス（蓮）の花。少し小ぶりのスイレン（水蓮）も同じ。東京でハスといえば、上野は不忍池のハス（蓮）だが、茨城は古河総合公園の大賀蓮の蓮田や香取市の水郷佐原あやめパークの蓮などあるが、茨城は鵜の岬（すいれん池）のスイレン（水蓮）なども、夏を涼しくさせてくれる。

ルピナス / 国営ひたち海浜公園

令和元年の秋

あき

日本の四季

1．季節の風景

牧柵にかかるイノシシ引板《ひた》の音

トゲトゲの枯栴檀《せんだん》にしじみ蝶

清 里 の 樵 唐 松 や 冬 隣 り

テレビ番組『ポツンと一軒家』（テレビ朝日）考

「ポツンと一軒家」というテレビ番組（テレビ朝日）が人気。人里離れた山奥や山間地奥などにある一軒家を探し紹介する番組。〝どんな所に、どんな人が、どんな暮らしをしているのか〟と、訪ね取材し紹介する。

衛星や航空写真などを手掛かりにGPSなどで位置をチェックし、その地に赴き、地元民やすれ違う人々などに、その家やその家への道などを聴き、その「ポツンと一軒家」を訪ねる。

世間や人里を離れて深い山奥などでポツンと一軒家暮らしをする人々の、プライバシーや生活の様子や仕事などを曝け出す番組。

超不便で、人里離れた暮しをしたいと、世間や他人との交流を避け、独りで暮らす人の生活に土足で踏み込み、世間にひけらかしてしまう番組。視聴する人々の多くが皆善良で〝他人に危害を加えたり強盗に入ったりするようなことは絶対にない〟と思っての番組企画なのだろうか。いまの世の中のアポあり強盗やアポなし強盗など関係ない、との確証でもあってのことだろうか。

テレビ番組の企画や放送をする人は、そこまでの配慮などしなくともいいとお思いなのだろう

見える？ / 山奥中の一軒家

か。高い視聴率がとれ〝知らないことを知りたい〟とする視聴者が身近な世間と大きく異なる世界や人々を知りオドロキや昂揚感を感じてくれれば、テレビ放送番組の役目はオーケーなのだと、お思いなのだろうか。

同意できない私は、でも今晩もその番組を見てしまう。

清里高原の晩秋と初冠雪の富士山のバス旅

令和元年晩秋（十一月六日）のバス旅は、はとバスがはとの絵ならぬ富士山の絵の富士急行バス。朝八時新宿西口発。雲ひとつない青い空。今年初めての一桁気温の今朝は、少し肌寒い。初台より首都高&中央自動車道をバスは、八王子・談

清里から見る富士山

合坂を経て、まずは勝沼での〝ぶどう狩り〟。

シーズン最後らしきぶどう狩りは、黒味（ベリーエイ）ぶどうの食べ放題。ひと房も食べることなく、シャインマスカットやいくつかのアカ、シロ、ルビーなどをパックした甲州ブドウを買う。ぶどう園を後に、バスは再びの中央自動車道。長坂ICを経由し清里ハイランドパークに着く。公園内のナチュラルブッフェでの昼食は、高原野菜たっぷりのカットビーフに赤ワイン付き。

おいしいランチを済ませ、高原頂上の清里テラス行のリフトに乗る。今日は朝から一日中富士山を眺望しているが、高原からのそれは、文字通り最高。清里高原からの眺望は、広がる清里の唐松

清里ハイランドパーク

林やブナ林、八ヶ岳南山麓から南アルプスなど360度のパノラマ景色。その峰々の端先に富士の初冠雪を見る。

清里高原から小淵沢方面に走るバスは、北杜市からいわゆる三甲市（甲府、甲州、甲斐）笛吹&南アルプス市方面に向かう。甲斐市のシャトレーゼベルフォーレ ワイナリーで、新酒のワインなどの試飲をいただき、再びの中央自動車道で東京新宿に帰る。

2. 季節の生活風景

人を見ぬ限界村や萩の風

清里からの黄紅葉景色

川静か 佇む老夫 根釣かな

鬼灯を鳴らす少女のおちょぼ口

年々増える大型台風の襲来と大型災害

9月26日は台風記念日だという。稲作農耕民族の日本、昔から〝農耕の三大厄日〟といわれる八朔（旧暦8月1日新暦8月下旬）と二百十日（9月1日）や二百二十日（9月11日）あたりを採ったわけではなさそうだ。

聞けば〝この日（9月26日）〟が、記憶に残る大型台風のこの国への上陸が多かったからだという。昭和29年の洞爺丸台風、昭和33年の狩野川台風、昭和34年の伊勢湾台風など、みな9月26日の上陸だったらしい。

大雨災害

それにしても、15号台風につづく17号&19号台風。9月9日南房総市や千葉県域に広く大きく災害をもたらした台風15号。大停電や通信障害や水道損傷などによる災害に加え、家屋や屋根の損壊災害を大きくした。しばし、ブルーシート景色を作った。まだ復旧着手にも至ってない一カ月後、史上最大の台風19号が襲来。静岡は伊豆あたりに上陸（10月12日）。15号がもたらしたブルーシートをめくり剥がすように、千葉県域も含む関東から東北の全域を襲う。

昨年（2018年）も多かったが、近年の熱暑日と台風豪雨の多いこと甚だしい。地球温暖化のせいだとか、ラニーニャだとか太平洋海面温度の高まりだとかいうが、要は世界の為政者や歴代のリーダーたちの無為無策がもたらした不幸ではないか。みな、調整や合

浸水害

意の難しい問題を先送りし〝ひとごと〟にするのが得意なのだ。今回（19号）の多摩川、千曲川、阿武隈川、田川や那珂川などのダム水放流堤防決壊による下流家屋の泥流浸水被災なども、国土交通省や政府や自治体などの無策が起因なのだ。

「田舎暮らし」のすすめ考

地方の疲弊が進んでいる。バブル崩壊後四半世紀の景気経済の低迷が拍車をかけた。人口減少と人口の首都圏域への一極集中が原因。２０１４年の日本創成会議や増田寛也（元総務相）氏の予測や報告だったと記憶しているが、２０４０年には全国の市区町村（１８００）の半数の８９６市区町村で、20～39歳の女性が5割以上減少するとの推計から、５２３市区町村が人口１万人未満にな

美瑛・深山のハスカップ畑

るとみている。これでは、地方の市町村が自治体としてもたないという。

人口減少は、このような限界市区町村において顕著。国は、内閣に地方創生（担当）大臣を置き（２０１４年）、まち・ひと・しごと創生と地方創生を基本政策に、地方の人口減少と活力低下に歯止めをかけ地方創生しようと尽力している一方、世の中は「田舎暮らし」のすすめと、ただ地方の空き家などを紹介し、自然と関係の享受を謳っている。

「田舎暮らしの本」（宝島社）

地方自治体は、転出者の減少や子育て支援策などの施策に加え、特産品や観光の訴求や開発および工場団地などの造成など、無い知恵を絞り人口減少を止めようと躍起だが、成果にはほど遠く商店街はシャッター通り化し、限界集落の無人家・空き家やその荒廃は増えるばかり。首都圏やまだ人口増にある都会地では、相変わらず〝地方の自然魅力訴求

〟の別荘や空き家情報であふれる。

典型は、宝島社の「田舎暮らしの本」（月刊誌）だが、田舎暮らしを訴求広報するウェブサイトやSNSは多い。無責任に移住や定住をすすめるサイトやただ空き家や利用者がいなくなった別荘を紹介するものなど色々だが、生活やアクセスの便利や不便などを添付しない。どのようなライフステージやライフスタイルや目的に、どのようにアクセスすればいいかなどには触れていない。情報や広報で、煽るだけのシゴトは、おやめいただきたい。

3．季節のマイライフ

忘れ物何かを忘るる秋の暮

朝風呂の三朝温泉 秋の風

嵐往き秋刀魚焼く庭泥瓦礫

劇場版『おっさんずラブ』観賞日誌

居住するマンションの水道改修敷設工事で、今日は一日中断水になるという。水道に合わせガスも使えないので何かと不便するというので、一日中の外出になった。急な外出、目的のない外出ということで、結局の映画になった。近くのイオンシネマでということで、上映中の劇場版「おっさんずラブ」に。

昼前後2時間の上映時間帯を観賞。平日ということもあり、観客はパラパラ。8割かたの席は空席。おっさん同士の恋愛ドラマなどと言われるが、おっさんの私には、ただのドタバタ映画の感。何も、恋愛は男と女の恋や愛だなどと杓子定規に思っているわけではないが、少々の時代風情を考慮しても、ただのドタバタ喜劇映画だった。

コンセプトもテーマや主訴も感じられない。少し現実から離れたところに〝こんな人や世もある〟のを見せたいのか、少々時代の先を見せたいのか、あるいは軽いコミカルや笑いを提供したいのか、理解できなかった。ラブ・コメディなどという代物でもなかった。

台風の合間の秋旅は、神話民話の山陰への吟行旅10月の（神無月）神在月は、颱風月。黍嵐ともいう。きょう令和元年10月2日（水）、颱風18号の進路を心配しながらの秋の旅は、山陰三州への吟行の秋旅。東京駅9時50分発の「のぞみ105」号に乗車。岡山から出雲への「特急やくも15号」で、出雲の手前の玉造温泉駅下車。神話の里の玉造は、「まがたまの里伝承館」に立ち寄り、玉造温泉の宿に入る。

天地《あめつち》のまがたまの里秋深し

まがたま伝承館

まが玉の史跡のいで湯赤紅葉

八雲立つ因幡《いなば》の旅や山薊《やまあざみ》

翌10月3日（木）、姫神のいで湯旅館を出て民話の因幡の里や宍道湖を車窓に見つつ、島根ワイナリーに。試飲で少々顔をあからめ、出雲大社に参詣。神楽殿での昇殿祈祷を拝し、バスは松江城に向かう。

あさり汁宍道湖のぞむ朝の秋

伝承の出雲大社の恋の秋

松江城堀川めぐり秋夏日

出雲大社

松江城の入城を断念、堀川めぐりの船からの松江城や白を囲む松緑や街の景色を楽しみ、そして昼食。バスは斐川平野、因幡の里を走る山陰道や国道9号線を鳥取方面に向かう。宍道湖、意東海岸の景色を保養に、足立美術館に向かう。日本一の借景の日本庭園の秋の風を頬に受け、本日の宿三朝温泉のホテルに入る。

借景の日本庭園秋景色

朝風呂の三朝《みささ》温泉秋の風

秋の雲因幡《いなば》の兎砂に蹟く

足立美術館の借景庭園

翌10月4日（金）再びの山陰道で、右遠くに大山、左に白兎海岸の日本海を眺望しつつ鳥取砂丘へ。砂丘を後に鳥取駅よりJR「スーパーはくと」で車中ランチを弁当でとりつつ、一路播州は姫路駅に。駅から白亜の姫路城を往復する観光を済ませ、夕方17時57分発の新幹線ひかり480号で帰路につく。10月4日(金)21時40分、東京駅に帰着。

伯耆国《ほうきのくに》の白兎海岸や黍嵐《きびあらし》

秋深し出雲因幡の神話旅

秋の空装い新《あら》たの姫路城

姫路城

4．季節の世の中

黍《きび》嵐《あらし》水も電気も屋根もなく

悩ましや原発デブリ秋の鬱

昭和去る大女優逝く秋の暮

原発デブリの更なる研究開発を願う

原発処理汚染水を希釈して海洋へ排出することの是非問題が大きくなっている。処理汚染水に含まれる放射性物質トリチウムは極めて微量だといわれるが、人々の疑いや不安は大きい。

ひるがえって、海の向こうのニューヨーク（国連）で

福島原発

は地球環境サミット以上に、16歳のスウェーデン女子の「世界をリードする大人たちの地球環境保全に対する無為無策を非難する」訴え運動が、大きなインパクトになっている。

トリチウムやその他幾種類かの放射性物質についても、昔から自然界にあるものでかつ微量レベルなので、ほとんど問題にならないという。目を身近に寄せれば問題ありと言われてきた遺伝子組み換えの大豆やトウモロコシでも、この50年100年近く食べ続けてきて、〝何の問題や健康被害も出ていない〟のだから問題ないと言っているのと同じ。

50年〜100年問題なくても、51年〜101年目に問題が起こらないとは言えない、これまでの経験や疫学や

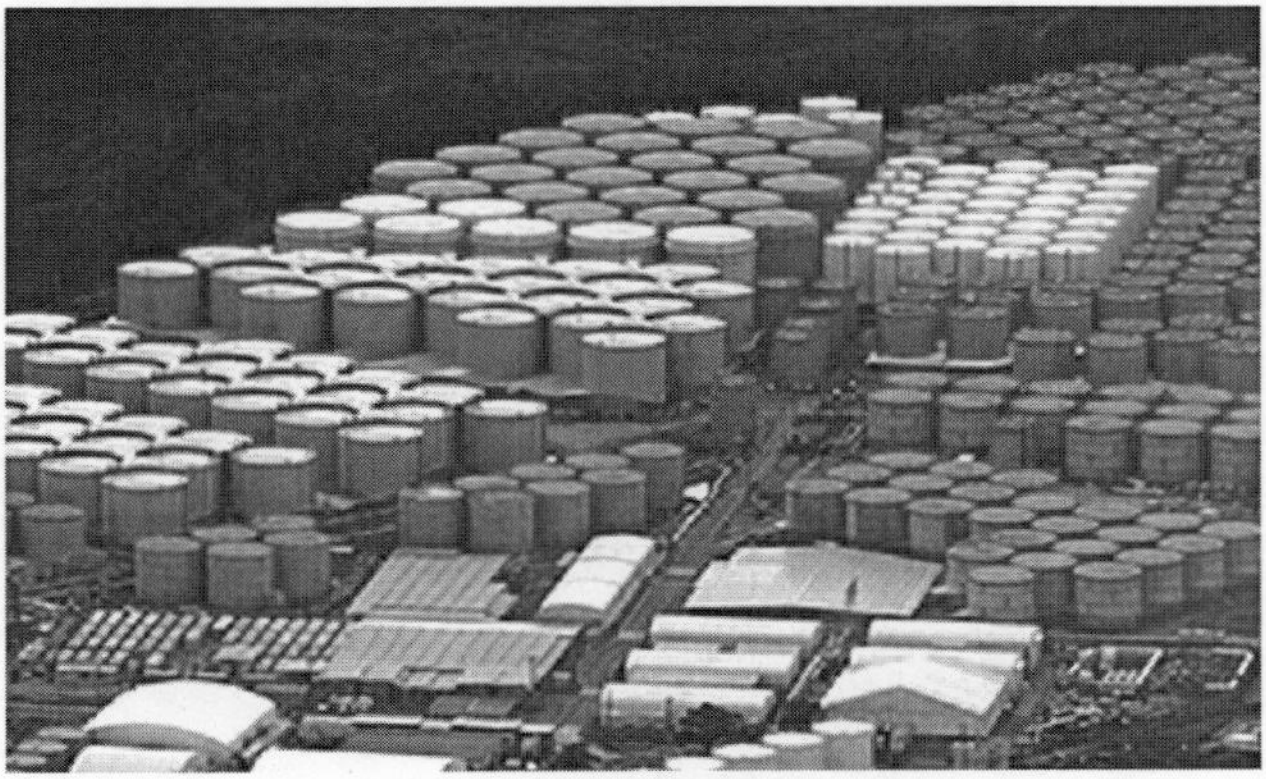

ゲブリの中間貯蔵

科学だから、不安や心配をする人々なのだ。科学を否定したりしているわけではないが、先端的なＡＩや科学に全幅の信頼を寄せてはいない私からすれば、より深く原発デブリの処理や放射性物質の処理についての科学や技術の探求を進めてほしいと思うのだ。

「増えること」への対策も「減ること」への対策も、ともに大事

この30年、日本の総人口は１２４００万人（平成１年）が１２７００万人（平成30年）と、ほとんど変わらないのに総世帯数は４１５０万世帯が５３５０万世帯と、１２００万世帯も増えている（ほぼ３割も増加している）。

ずばり、核家族が平成元年の２４５０万世帯か

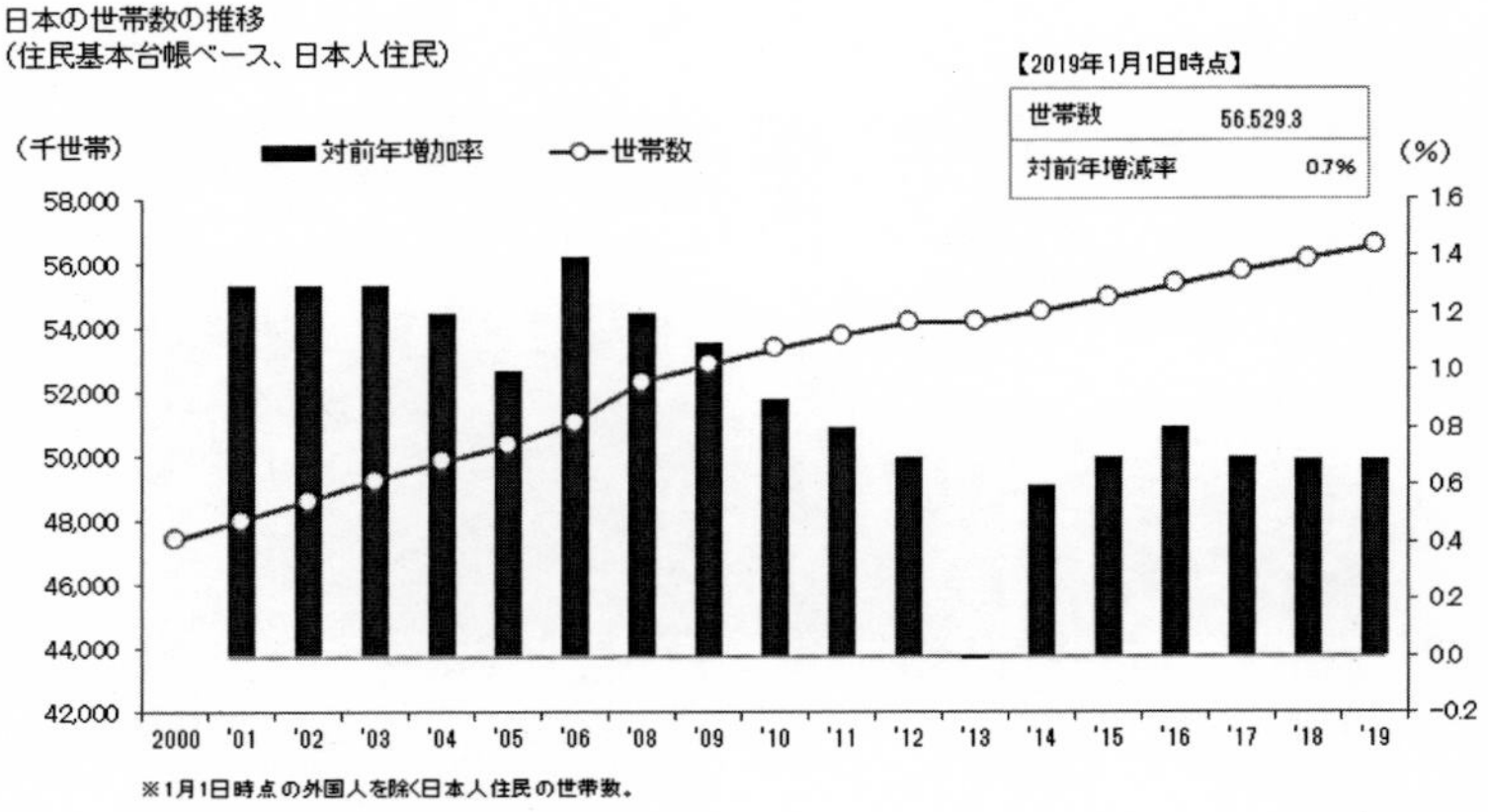

日本の世帯数の推移（jp.gdfreak.com より）

ら平成30年が2950万世帯へと525万世帯も増加、核家族化が進んでいるからであろうが、ればかりではない。もっと増加しているのは、単独（一人）世帯が950万世帯（平成1年）から1850万世帯（平成30年）へと倍増しているからだ。

より詳しくみると、この増加（＋900万世帯）の約半分440万世帯が、高齢になっての一人（単独）世帯で、若い人（自立／未婚／非婚）の一人世帯と二分しているのだ。15％（平成1年）が27％（平成30年）になっているいわゆる一人（単独）世帯や夫婦のみ（2人）世帯および（高齢）親と未婚の子世帯などは、合わせると世帯数比率平成元年の48％が81％（平成30年）と大幅に増加して

日経「業界地図」2019 年度版

いる。これらの世帯（家族）へのきめ細かな施策が充実されることを願う。

少し目線を変えれば、大学への進学率が25％（平成1年）から53％（平成30年）に倍増したり、訪日する外国人が大幅に増加（28万人→3100万人）したことは、ともに喜ばしいことなのだが、非労働者総数が800万人（平成1年）から2100万人（平成30年）と大巾に増加したことなどは、パソコン普及率の大巾増加（10％→70％）や携帯電話（含スマホ）のそれ（50万台→1億7000万台）などと照らして考えると、大変厳しい就活環境になったように思う。

いわゆる高度成長期30年の消費者物価指数の右

鎌倉／丸山稲荷社の赤鳥居

肩上がりは、平成になり一転消費税（3%）の導入を機に、この30年ずっと横這い。文字通りのデフレとか停滞とか言われる景気経済になって過ぎた。平成元年年間約660万円だった一世帯平均所得は、どちらかというとこの間漸減傾向で推移、ただいま（2017年）550万円と、約100万円ほど減少している。ひるがえって、この平均と言われる所得以下の世帯が6割を超えていることに、大きな注意を払うことが大事になる。

このように多くの人々の賃金所得が横這いなのは、大卒者新人平均月給の19万円（平成1年）が平成30年の20万円と、ほとんど変わっていないのをみてもわかる。この間の経済成長率の鈍化（低下）（+5・5%↓0・5%）や株価の低迷（日経平均株価38900円↓22300円）などをみるに、仕方ないとも言えない。安定傾向などと言ってはいられない。

もっと身近な〝減ったものの代表〟を探すと、例えば一世帯平均の被服費（家計調査）だ。平成元年年30万円だったものが平成30年年平均14万円に半減している。経済や暮らし的にこれらの〝減ったもの〟を見れば、消費者たる一般国民の暮らしは、ずっと氷河期で過ぎた30年間だったと言えそうだ。

5．季節の自然

乾き田を逃げる蛙や落し水

風さやか秋桜《コスモス》畑空青し

末枯れて益々赤き櫨紅葉

やさしく四季の秋や自然を語る秋の花々

「お好きな服は……」のオミナエシ、ススキ、キキョウ、ナデシコ、フジバカマ、クズ、ハギは、秋の七草。七草というより七花のイメージ。これに百日草やダリア、吾亦紅や彼岸花（曼殊沙華）なども加えたいという人もいるようだが、わたしはコスモス（秋桜）を入れてほしいと願う。七草

オミナエシ / 赤城自然園

が八草や十三草花になっては、ゴロが悪いだろうか。

秋桜（花）ともいわれるコスモスは、花色が多彩で秋の空にピッタリの草花。春の桜は代表的な木花だが、花と言ったらやはり草花。ピンクや白のコスモス（花）に、濃い赤やオレンジ、黄色や青や紫やチョコレート（褐色）や黒など、文字通り花色多彩なコスモス。丘や畑に似合う秋の代表的な季節の花だ。

白いコスモスの花の花言葉は、優美、美麗、純潔や純真。淡いピンクの花のそれは、乙女の純潔。ピンクの色が濃くなると、愛情傾向が増すらしく、赤や紫の花の花言葉は、乙女の愛情や調和になる。

鼻高の丘のコスモス

黄色やオレンジ色のコスモスの花言葉は、野生美や自然美および幼い恋心。黒やチョコレート色のコスモスは、恋の終わりや恋の思い出が花言葉だという。

よく俳句や和歌に詠まれる秋の七草やコスモスや曼殊沙華だが、山や野原などを多彩に色どる秋の草花を愛でる人々は、自然や環境にやさしい。

京都は洛北東西で、令和元年最後の紅葉狩り

紅葉（モミジ）は、秋色を演出する。多くは、多種多様な広葉樹だが、唐松やメタセコイアなどの黄葉モミジの支援も、秋色を高める。秋は紅葉の名所や観光スポットをめぐるバス旅なども多い。栂池自然園や磐梯吾妻スカイラインなどの紅

アサギマダラと藤袴

葉や赤城山や那須高原の紅葉など、高原や山や湖の観光地を秋色に染める。

そろそろ紅葉狩りも終わりということで、令和元年最後の紅葉狩りに京都へ。11月25日（月）東京駅午前8時3分発の新幹線ひかりは午前11時京都駅に。駅からはバスツアーで、まずは洛北高雄三尾の高雄山・神護寺に向かう。石段の上り下りを避けるように紅葉林を歩き、清滝川は西明寺に。

紅葉まっ盛りの西明寺の境内を後に、栂ノ尾は高山寺へ。鳥獣戯画の絵巻などを観賞し、静寂の紅葉景色を満喫。バスターミナルより再びのバスは早めの夕食ということで、京都市内に向けて走る。円山公園や知恩院近くの豆腐料理「かがり火」

京都・高山寺の紅葉

さんに入る。

翌11月26日は早朝、午前8時過ぎの迎えのバスで再びの洛北は、三尾とは反対の東山北の大原方面に向かう。途中、岩倉は実相院の紅葉の観賞。朝のお日様が少し陰り、不十分な床もみじになる。ほぼ小1時間のバスで、大原は三千院に。圧巻の紅葉林の散策のあと、再びのバスで、貴船鞍馬山方面に。

まずは貴船神社だが、赤鳥居までの高い石段を避け、貴船川沿いの紅葉狩りを専らにする。洛北最後の鞍馬山は、鞍馬寺の本殿金堂へ。上りは、仁王門よりのケーブルカーで多宝塔まで。山紅葉を浴びるようにして山頂の本殿金堂に歩く。ゆっ

京都・三千院の紅葉

くりの紅葉観賞ということで、下りはケーブルを断念し、まずは石段路を下りる。

膝や脹脛を庇うようにして紅葉の山路を下山。麓近くの由岐神社に参詣し、叡山電鉄くらま駅に着く。叡山電車を修学院で下車、バスで市内経由京都駅まで送っていただき、京都駅発の新幹線は再びのひかりで帰京。紅葉満喫の京都洛北だった。

あ・と・が・き

戦後の復旧、復興、発展、成長の四十余年の昭和が、バブル（経済）の崩壊を土産に平成に繋ぎました。我が国にとっては初めての消費税や価格破壊とリーマンショックや金融収縮でスタートした平成。その後四半世紀、景気低迷と低成長に過ぎました。

地震、豪雨、大型台風の襲来などの自然災害の受難列島日本は、成長や活気が後退し、格差社会化しました。国のＧＤＰや経済成長ランキングなどを年々低下させ、米中大国の自国ファーストや貿易戦争の煽りを受けて、先行き不安定に過ぎています。

その平成を継いだ令和。令と和を紡いだ平和と安心の世をつくろうと改元した令和。安定と持続可能性を高める国をつくろうと、若い人や女性に託して始動しました。この改元年の１年を年誌録にしておこうと思いました。

毎度のことで恐縮ですが、この思いを師友谷内田孝氏に耳うちすると、賛意とともにラフなコンテンツに合わせて、表紙絵や中扉絵を画いてくださいました。早速の出版の労をとってくださった湘南社の田中康俊氏と師友谷内田孝氏に、感謝する次第です。

わざわざのお時間をとりご一読くださった読者の皆様の令和のご安寧とご健勝を祈念しつつ、御礼申し上げます。

令和二年二月吉日　　　筆者　吉澤　兄一

●著者プロフィール

吉澤兄一　よしざわけいいち

1942年神奈川県生まれ
東京都板橋区在住
茨城県立太田第一高等学校
早稲田大学政経学部卒業
調査会社、外資系化粧品メーカー、マーケティングコンサルタント会社などを経て、現在、キスリー商事株式会社顧問。

著書
『超同期社会のマーケティング』（2006年 同文館出版）
『情報幼児国日本』（2007年 武田出版）
『不確かな日本』（2008年 武田出版）
『政治漂流日本の2008年』（2009年 湘南社）
『2010日本の迷走』（2010年 湘南社）
『菅・官・患！被災日本2011年の世情』（2011年湘南社）
『2012年世情トピックスと自分小史』（2012年湘南社）
『マイライフ徒然草』（2013年湘南社）
『私撰月季俳句集 はじめての俳句』（2015年湘南社）
『私撰月季俳句集 日々折々日々句々』（2016年湘南社）
『私撰俳句とエッセイ集 四季の自然と花ごころ』（2018年湘南社）
『平成三十年喜寿記念　月季俳句　百句私撰集』（2018年湘南社）
『平成三十年間の抄録』（2019年湘南社）

常陸太田大使
キスリー商事株式会社顧問
e-mail：kyoshizawa.soy@gmail.com
吉澤兄一のブログ：http://blog.goo.ne.jp/k514/

●カバー表紙画・挿画＝谷内田孝

令和元年の四季と世の中

発　行　　2020年2月20日　第一版発行
著　者　　吉澤兄一
発行者　　田中康俊
発行所　　株式会社　湘南社　http://shonansya.com
神奈川県藤沢市片瀬海岸3－24－10－108
TEL 0466－26－0068
発売所　　株式会社　星雲社
東京都文京区水道1－3－30
TEL 03－3868－3275
印刷所　　モリモト印刷株式会社

ISBN978-4-434-27208-0　　C0095